KB248263

나무 그늘에서

나무 그늘에서

정현일 시집

좋은땅

시인의 말

　시인의 이름 얻은 지 어느덧 16년 흘렀습니다. 칠순의 나이에 첫 시집 내놓는다는 사실이 부끄럽기도 하지만, 되돌아보면 세상에 남긴 것이 아무것도 없다는 깨달음이 더 크게 다가왔습니다. 그래서 마음 한구석에 남은 작은 불씨 같은 글을 모아서 세상에 내놓고자 합니다.

　이 시집에 실린 시들은 거창한 선언이 아닙니다. 그저 제 삶의 결에서 흘러나온 작은 기록들입니다. 어떤 시는 고향의 그리움에서 태어났고 어떤 시는 오래된 추억 속에서 불쑥 깨어났으며, 또 어떤 시는 스쳐 간 풍경과 바람 속에서 우연히 피어난 메아리 같은 글입니다. 그것들은 때로는 눈물의 흔적이고 때로는 추억의 그림자이며 결국은 제가 살아온 삶의 자취였습니다.

　저는 오랫동안 나무 그늘에 앉아 있었습니다. 하루의 무게에 지쳐 숨 고르듯 앉았을 때마다 나무는 아무 말 없이 저를 받아 주었습니다. 햇살을 품어 잎 피우고 바람에 몸 맡기며 그늘 하나를 세상에

드리우는 나무. 그 나무 앞에서 제 마음을 비쳐 보았고 침묵 속에서 제 안의 목소리를 들을 수 있었습니다.

나무 그늘은 제게 쉼이 되었고, 묵묵히 삶을 비추는 은유가 되었습니다.

이제 저 또한 누군가에게 잠시 앉아 머물다 갈 수 있는 작은 그늘, 조용한 쉼터가 되고 싶은 마음으로 이 시집을 묶었습니다. 『나무 그늘에서』라는 제목은 그런 소망의 고백입니다. 비록 서툴고 부족한 언어들이지만 그 속에 담긴 마음이 독자에게 전해진다면 제 삶의 가장 부끄러운 민낯도 순수한 마음으로 더 이상 감추지 않을 것입니다. 시는 늘 불완전한 존재에게 허락된 가장 맑은 숨결이자 고통을 희망으로 바꾸는 씨앗이기 때문입니다.

돌아보면 제 곁에는 언제나 사랑하는 이들이 있었습니다. 먼저 항상 나의 곁에서 함께 하시고 부족함을 채워주신 나의 주 하나님께 감사와 영광 돌립니다. 그리고 오랜 시간 묵묵히 제 삶을 지탱해준 아내, 늘 저의 자랑이자 기쁨인 아들 동명과 딸 은진, 그리고 손주 하윤, 윤우, 래오. 그들의 웃음과 지원이 없었다면 이 시집은 세상에 태어나지 못

했을 것입니다. 이 글을 통해 다시 한번 진심 어린
고마움과 사랑 전하고 싶습니다.

　이제 저는 제 안에 흘러온 언어들을 한 권의 책으
로 묶어 강가에 놓습니다.
　그 강물이 어디로 흘러갈지 알 수 없지만 혹시나
이 언어들이 누군가의 삶 속에서 잠시 머물다 스쳐
가는 물결이 되어 아주 작은 위로나 온기의 흔적이
라도 전할 수 있다면 저는 그것으로 충분합니다.
감사합니다.

2025년 가을
우은雨垠 정현일鄭鉉日

- 차례 -

2부 — 낙엽 지는 거리

3부 — 서울 하늘은 바다였다

4부 ― 내 길 위에서

나무 그늘에서

고향

푸르른 산기슭
새도 날아 아름 짓고
풀벌레 소리
스산하게 가슴에 와닿는다.

고향 떠난 십여 년
마음 서러워
산등선 피어나는 아지랑이 따라
휭하니 돌아보니

발걸음은 노오란 흔적에 묻혀
어느덧 마음은 고향에 서 있다.

선두(禪頭) 숲 잔디 위에 동심을 심고
멀리 개울가 아낙네 빨래 소리
오순도순 장단 맞춰 노래 부르며

뙤약볕 여름엔 냇가에 나가
고사리 손등 위에 모래집 짓고
고동색 다슬기 바구니에 담아

하얀 실 바늘에 은빛 물들여
시집간 우리 누나
목에 걸어주던 그곳에 서서

우린 같은 출발점에
이제 모두 바쁜 나그네 되어
나는 이방인인 듯
다만 이제 나 홀로
외로운 산길 걸으며
고향의 흙 내음에 취한다.

무주 구천동

고즈넉한 산사의 비경(秘境)
천혜의 천리수에
피서하는 사람의 진풍경

세상사 찌든 마음 잠시 내려놓고
고요히 흐르는 물에
세속에 젖어 사는 영혼도 씻는구나.

세상에서 찾으려는 명예도
부질없는 인간의 욕심도 씻어라

가슴에 묻어둔 사랑도 미움도
나의 얄팍한 자존심마저도
명경지수(明鏡止水)에 씻기어 보내라.

아무 의미 없는 인생의 번뇌
아무리 목메어 슬피 우짖어도

서로 함께할 수 없는 인생사
굽이굽이 고비마다 힘겨워

그저 잠시 머물다 가는 인생

내 마음 구천계곡 내려놓고
스치는 바람마저 사랑하며
그냥 이대로 흐르는 물처럼 살리라.

남한강의 아침

물안개 자욱한 강변에
아침 해 뜨면
눈부신 햇살은
흐르는 강물 자르고
은빛 쟁반 물 위에 띄운다.

고요한 강물 위에
어느새 하늘별 내려와
반짝반짝 빛나는
하얀 옷으로 갈아입고

지난밤 못다 한 이야기
아쉬워 손짓하며
흐르는 강물 위에
현란한 몸짓으로 춤춘다.

세월에 맺힌 상처도
가슴에 묻어둔 사랑도
이루지 못한 꿈마저
강물 위에 조각조각 부서져

점점 사라지는 햇살 위에
마지막 남은 사랑마저
흐르는 강물 위에 보내며
하얗게 피어나는 물안개만 보네.

어머니는 흙이다

운봉(雲峯)에서 시집살이
가난한 살림 벗으려
앞산 뒷산 황토밭 갈아
육남매 흙 속에서 키우셨다

오뉴월 뙤약볕 아래
아침부터 저녁때까지
머리에 해가림 하나 쓰고
어머니는 흙을 갈아 삶을 사셨다

장대비 쏟아지는 날
허리에 비닐 두르고
진흙탕 고랑 사이
맨발로 밭매는 어머니

가뭄엔 목마른 흙을 따라
머리에 둥근 똬리이고
똥장군, 오줌장군 출렁이며
뒤뚱뒤뚱 걷는 어머니 얼굴이 흙이다

얼굴에 묻은 흙덩이 냇물에 씻고
묵묵히 돌아오는 저녁
동동 그루무 한번 바르지 못한
고단한 사계절 어머니 얼굴이 흙이다

웃음보다 흙이 먼저 있었고
세월의 흔적보다 오래 남아 있다

말없이 살아온 한 평생
웃음 한 번 크게 웃지 못하시고
흙 속에 사시다 흙으로 돌아가신 어머니

그것이 사랑이고
그것이 바로 당신이었다.
어머니 얼굴이 떠올라 가슴이 찡하다.

아버지의 눈물

아버지의 눈물은 본 적이 없다.
초가삼간 세간살이
험한 세상 풍파 속에도
그 눈물은 보이지 않았다.

아무것도 없는 살림살이
빈손 위에 기대어
자식 농사 하나 믿으며
두 주먹 불끈 쥐고 살면서

하루세끼 굶기지 않으려
낡은 손수레 바퀴 위에
십리길 오일장 오가며
생선 장사해도 눈물은 없었다.

가는 허리 졸라매고
자식들 더 가르치려
개미처럼 땀 흘려도
시린 가슴속에 눈물 숨기며

하늘이 무너지는 날에도
아내와 자식 위해
가슴에 흐르는 눈물마저
한잔 술에 슬픔을 삼켜 버렸다.

어린 시절 아버지의 눈물은
사막에 흩어지는 모래처럼
가슴에서 소리 내며
투명한 영혼 속으로 사라졌다.

큰형님

당신은 우리의 영웅
3남 3녀의 기둥입니다
유년 시절 당신은 읍내에서
소문난 총명한 소년입니다

그래서
어려운 시골 세 칸 살림
가막재 초봉골 밭을 갈아
사각모 머리에 쓰셨습니다.

청년 시절 당신은 읍내에서
소문난 유망한 청년입니다

그래서
우리는 당신 모습 닮으려
맞지 않는 교복 받아 입고
교회와 웅변을 좋아했습니다.

장년 시절 당신은 읍내에서
온화한 우리의 큰형님입니다.

이제는 아버님 저 하늘나라에
세상 짐 당신에게 물려주시고
혼자서 이 세상 지키려 합니다.

큰형님, 당신의 이름 부르면
눈시울 뜨거워 목 메입니다.

당신은 영원한 우리의 영웅
당신이 진심으로 존경스럽습니다.

묵묵한 빛

아침에 눈 뜨면
나를 깨우는 햇살처럼
조용히 내게 다가와
하루를 어제처럼 시작한다.

꽃다운 나이
사랑 하나로 새색시 되어
나 하나 의지하며
행복의 샘 찾아 나선다.

지나온 시간은 울긋불긋
수정 같지 않지만
당신의 인고(忍苦)는
새벽을 깨우는 우리의 등불

눈가엔 잔주름, 거칠어진 손
세월의 자국이
밤하늘 별빛처럼
이 밤을 지키는 당신의 사랑

당신과 나
외롭지만 기다림으로
부족하지만, 사랑으로
마음 하나 믿으며 살아온 우리

이 세상 끝까지
우리 외로운 섬에서
이름 없는 등대 되어
당신의 환한 미소 영원히 비추리.

늦게 피는 별빛

낡은 검정 책보 하나
가는 등에 둘러메고
가슴에 꿈을 품던 어린 시절

동네가 알던 총명한 소녀
보릿고개에 꿈도 접고
타향 하늘만 바라보던 날

어린 나이 종갓집 맏며느리
손끝 닳도록 일하며
말없이 가슴 태우던 세월

누나 이름, 바람에 내려놓고
가족의 은은한 등불 되어
어두운 밤 환히 밝히던 누나

조용히 마음에 내려앉은 지혜
별빛처럼 번져온 사랑
세상 가득 나눠주던 누나

세월 지나 다시 책가방 메고
칠순 햇살에 반짝이던 사각모,
참 곱고 장한 그 빛, 우리 누나.

항상 곁에 있었지만
가장 먼 별빛처럼,
내 마음 감싸주는 우리 누나.

아버지와 장날

새벽이 짙은 논두렁 끝
이슬 젖은 아버지의 발자국
신작로, 자욱한 안개 헤치고
종이배처럼 장터로 흘러간다.

달구지 바퀴에 동그란 자국
허기진 누렁이 콧김 속
장터 가는 모습들이 피어난다.

아버지가 장에 가신 날
입속엔 따뜻한 국수 한 그릇
가슴엔 막걸리 한 사발,
바람 한 짐 등에 업고
시조 한 수 부르며 돌아오는 길

그을린 두 손에는
신문지에 꽁꽁 싼 꽁치 두 마리
우린 화로 숯불 위에서
그 은빛을 천천히 구워 먹었다.

그날 저녁 밥상 위
꽁치와 아버지의 시 한 줄이
고요히 익어가고 있었다.

인생

이 세상 태어나서
한 줌의 흙으로 돌아간다.
나도 돌아
너도 돌아
그리고 우리 모두 간다.

우리 이 세상사는 동안
무엇을 하여야 할까?
나 사는 동안 너 사는 동안
무엇을 하여야 할까?

많은 것 가지려고
많은 것 쌓으려고
많은 것 남기려고

나 이 세상 끝나고
저세상으로 돌아갈 때
나 무엇 가지고 갈까?

나가진 것 다 버리고,

나 쌓은 것 다 버리고
그냥 한 줌의 흙,

너도나도 돌아간다.
너도나도 한 줌의 흙,

그래도 남기고 가는 것
사랑 하나,
사랑의 흔적만 남기고 간다.

돌아가는 길

저녁노을 서산마루에 지면
하루의 무게 내려놓고
그림자 벗 삼아 그 길로 가고 싶다.

그리운 길에 들어서면
코스모스 한들한들 춤추며
고추잠자리 윙윙 어깨 위 앉는다.

넓은 벌판 서편 황금 들녘에
소작논 열 마지기 누런 벼
풍년가 부르며 어깨를 다독인다.

가을볕에 눈 감던 감나무,
담장 너머 웃던 이웃의 얼굴,
논두렁 개구리울음까지 그대로 있다.

낯익은 고향집 싸리문 들어서면
누렁이 워낭소리 딸랑딸랑
초가지붕 위 애호박 주렁주렁
나를 보고 어서 오라 방긋 웃는다.

저 멀리 높게 솟는 부연 굴뚝 연기
청솔가지에 군불 짚은 어머니 모습

자식 걱정 애가 타서 이름 부르며
타향살이 힘들면 돌아오라 기도한다.

고향은 내 안에 눕는다

하늘에 구름도 쉬어가는 곳
쉬엄쉬엄 돌아, 지리산
내가 태어난 고향
어릴 적 놀던 동산 눈에 어린다.

고향 떠나 낯선 타향살이
덧없이 세월만 흐르고
까까머리 고향 친구들
지금은 어디서 뭐 하고 있는지

그리운 얼굴이 떠오르며
어느새 마음은 고향에 서 있다.

초등학교 느티나무 아래
해 저무는 줄 모르고 뛰놀던 시절
가슴에 꿈과 희망 가득 담았다.

아무것도 가진 것 없던 살림살이
시간의 밭고랑 매시며
육 남매 돌보시던

어머니 얼굴이 떠오른다.

바람에 흔들리는 허름한 초가삼간
하루하루 개미처럼 일하며
가난만 벗기 위해 사무치던 곳

그리운 그 시절 어디로 사라지고
낯선 그림자만 남아 있다.

이제는 마음속 고향에서
나는 나그네 되어
고향의 먼 하늘만 쳐다본다.

손주에게

갓난아이 시절 할아버지 집에서
귀엽게 성장하는 모습이
가장 행복한 추억이 되길 바란다.

하루하루 처음 사는 인생
누구나 서툴지만 너는 영리하여
꽃이 햇빛 받아 아름답게 피는 모습이다.

너는 세상에서 가장 귀한 존재
우리에게 하나님의 최고 선물
네가 주는 미소는 우리를 위로하는 천사

너는 아름다운 향기 나는 꽃,
부드럽고 따뜻하게 마음 감싸주는
사랑과 지혜가 품 안에 자라는 큰사람

너는 끝없이 넓은 세상에서
자신의 분야에 깊이 공부하여
꿈과 희망 실천하는 똑똑한 사람 되길 바란다.

너는 바다같이 차분하게 흔들리지 말고,
스스로 강해야 한다는 것 가슴에 새겨
한번 사는 인생 빛나는 별이 되기를 기도한다.

손주 바보

내 품 안에
작은 우주 하나
웃음은 나를 닮고
눈빛은 마음 꿰뚫는다.

말보다 먼저
귀로 세상 삼키고
책 속에 별 찾아
눈동자가 반짝인다.

기어다니는 발끝마다
잔잔한 시간 움트고
걸음마는 그림자 따라
고요히 피어오른다.

꼬막손 책장 넘기면
눈빛은 별을 줍고
낯선 선율 위에
손끝은 박자를 수놓는다.

모차르트 소나타 곡 앞에서
작은 손은 지휘하고
서투른 기타 소리에도
웃으며 리듬 타며,

영롱한 눈 속엔
그 맑은 빛 하나,
아직 열리지 않은 내일
세상의 밑그림이 그려진다.

보고 있어도
또 보고 싶은
웃는 네 얼굴 앞에
나는 한없이 바보가 된다.

내 안의 별-자식(1)

샛별 따라 내려앉은
아주 작은 별 하나
내 무릎 위에 사뿐히 머문다.

오래된 사람처럼
소리 없는 미소로
말없이 마음 끝을 데운다.

혼자 웃는 언어는
꽃잎 속에 숨은 시-
내 안의 어린 그림자.

구름 사이 숨어 버린 달처럼
종알종알 웃음 뒤에 숨고,
그 이름 바람도 부르지 못한다.

꼬막 같은 주먹 쥔 손,
내 손바닥 위에서
작은 우주 곤지곤지 찍는다.

그 환한 미소 아래
눈부신 너라는 별로
나는 세상을 다시 배운다.

내 안의 별-자식(2)

하늘에서 내려온 작은 선물
가슴에 이름표 달고
마음속에 씨앗 하나 뿌린다.

꽃잎처럼 여린 손바닥
세상을 두드리며
사랑이라는 언어 배워서

엄마의 자장가 속에 숨고
아빠의 그림자 따라
낡은 스펙 하나 등에 메고
총성 없는 전쟁터로 나아간다.

거울 속 너의 눈빛
그을린 주름 너머
닫힌 시간의 문 바라보며

깊은 침묵 속 너는
하늘 향한 별로 피어나
내 안의 어둠 조용히 밝혀 준다.

기억의 어머니

세월의 바람에도 꺾이지 않고
철없는 그림자 품은 채
언제나 햇살처럼 따스한 어머니

하늘 끝까지 번진 당신의 희생
담백한 흙 속에 번지는 빛
눈에도 보이지 않는 꽃 피우며

비바람에 꿋꿋이 서 있는 나무같이
시원한 그늘 내어주는 당신의 사랑
지나간 날들을 묵묵히 지켜왔습니다.

이제 나도 나뭇가지가 되어
당신 모습 서서히 닮아가지만,
그 깊은 희생과 사랑 알 수 없습니다.

오늘도 어머니 생각하지만,
그 사랑 끝내 헤아리지 못한 채
당신의 숨결 속에서 하루 살아갑니다.

딸의 날개-축시-

아장아장 걷던 작은 발자국
이제 사랑의 바람 타고
둥지의 그늘 벗어나
새로운 하늘 아래 날개 펼친다.

서로 몰랐던 마음의 그림자
말하지 못한 미안과 눈물
햇살 속으로 스며들어
가슴 속에 조용히 남는다.

결혼은 두 마음이 만나는 약속
서로의 날개 곱게 펴서
먼저 사랑하고 믿으며
오늘의 다짐 마음속에 담아
하나하나 실천하며 살아가라

서로 바꾸려 애쓰지 말아라.
있는 그대로 바라보며
존중과 신뢰의 길 걸으면
행복은 거기서 조용히 자란다.

항상 화목으로 감싸고
자녀에게 평화를 보여라.
두 날개로 구름 가르듯
책임과 사랑 바람 되어
한 가정의 등불로 살아가라

이제 하나님의 뜻 안에서
서로를 지키고 사랑하며
오늘의 기쁨과 영광을
하늘에 올리며 날아가라.

두 마음의 약속 -축시-

2020 겨울 끝자락
코로나 그림자 속에서
너희 두 마음 같은 길 걷는다.

한 줄기 불씨 서로 엮어
빛줄기 사이 새벽빛이 스민다.

이 성경책 너희에게 주면서
부모의 마음도 여기에 담는다.

결혼은 서로의 꿈과 인격을
보듬고 안아주는 일
거울이 되어 빛과 그림자 품는 일

하나님 안에서 서로 사랑하라.
너희의 마음 닿는 곳마다
말씀이 내 안에 빛이 되어
정직하고 진실하게 살아가라.

결혼은 멈춤이 아니라

서로의 소망 함께 키우며
서로의 날개 맞대어
더 높이 나는 시작이다.

각자의 꿈 포기하지 말고,
목적 있는 삶을 서로 살아가라

서로 존중하고, 배려하며
다름을 억지로 바꾸지 말고,
있는 그대로 받아주어라.

먼저 사랑하고, 이해하며
믿음을 내어주라
내가 먼저 주면서 살아라.

하나님이 짝지어 주신 인연
사람이 나누지 못하리라

이제 두 마음이 하나 되어
넓은 세상으로 함께 걸어가라.

나무 그늘에서

나는 나무 그늘처럼
살고 싶다

지친 이의 발걸음에
그늘을 내어주는
낮은 마음이 되고 싶다

햇살에 지친 눈 위에
살며시 내려앉는
그늘 한 조각되고 싶다

바람에 흔들려도
하늘만 바라보며
가지와 가지가 손잡고

저렇게 외로운 밤에도
서로 등을 맞대며
아침이면 그늘을 짓고 싶다.

누군가 그늘에서 잠시 머물러

숨을 고를 수 있다면
그것만으로 충분하다.

아무리 밟혀도 부러지지 않고
자신을 내어주는
따뜻한 침묵으로 건네는 삶.

나무 그늘에서
나는 작아지고 세상은 넓어진다.

2부

낙엽 지는 거리

가을비 여인

가을비 내린 어느 오후
사람이 그리워 목적 없이 걷는다.

촉촉이 젖어버린 낙엽 위에
나이 오십의 사랑 독백을
오색 물감으로 감추려 한다.

흩어지는 낙엽 소리는 연인의 미소인 양
행여 그 사람 우연히 만날 수 있을지
무작정 마음의 편지를 띄운다.

어디선가 불어온 비바람은
사랑의 수줍음도
마지막 남은 열정마저
다 벗어 버린 거울 속의 내 모습을
검정 우산 속에 감추고 만다

가을비 내린 그 거리에서
마지막 잎이 질 때까지
나의 연인을 위해서

한 송이 장미 들고
조용히 그 자리에서 기다린다.

꼭두각시의 꿈

매일 아침 세상 밖으로 비틀거리며
세상 밖 어디론가 혼자서 간다.
현관문 여는 순간
문밖에 냉기(冷氣)는 너 안의 너,

거친 숨소리 몰아쉬며
낯익은 귓속말로
낮아지는 등 뒤에서 허겁지겁 부른다.
□ 나의 꼭두각시 □

회색빛 콘크리트 무대에
이미 정해진 시간대로
빙글빙글 돌고 도는 춤추는 댄서

아무 표정 없는 노란 탈 쓰고
관객 없는 세상 무대에서
바보처럼 외줄 타는 어릿광대

누구나 인생은 허공에서
혼자서 춤추는 꼭두각시

입이 있어도 말 못 하고
귀가 있어도 듣지 못하는 광대

오늘도 웃을 그날을 위해
흐르는 눈물마저 가슴에 담아
한없이 춤만 추는 꼭두각시 인생.

늦은 가을

푸른 하늘 창공에
꽃단풍으로 유리 빛 수를 놓아
온 누리 만추의 향연에
꽃종이 접어 초대장 보낸다.

혼탁한 도심의 늪에서
빌딩과 가로수 사이로
앙상한 가지는
11월의 끝자락 붙잡고,

그 화려한 서곡(序曲)도
점점 멀어진 소리로
잃어버린 시간 찾아서
이제 함께 가자 한다.
산 능선 위 바람은
마지막 잎 새마저
사르르 내려놓고,
그냥 먼 길 떠나려 한다.

무명초

산등성마루 오솔길
봄 햇살 쪼이며
쓸쓸히 홀로 핀 한 송이
무명초
엄동설한 지샌다.

밤사이
산들바람 풀잎 불어와
다 피우지 못하고
바람에 떨어지니
지기도 서러워
풀벌레 소리 슬피 우짖는데

푸른 산 아래
흙 속으로 사르르 내려
오가는 발걸음 사뿐히 묻혀
이 모습 이대로 다시 피우리.

내 안의 산길

산에 오르면
하늘 높이 나는 새들이
날갯짓하며 반긴다.
약속은 없지만
언제든지 오라 한다.

산에 오르면
푸르른 나무들이
숨결처럼 감싸며
세상에 지친 몸,
잠시 쉬어가라 한다.

산에 오르면
바람에 흔들리는 들풀이
속삭이듯 부르며
실 같은 세상 잊고
그냥 즐겁게 살라 한다.

산에는 새, 나무, 풀, 바람이
나에게 말한다.

오늘 하루 하늘 보고
부끄럼 없이 웃으며 살라 한다.

옥녀봉

푸른 하늘 맑은 날
배낭에 가벼운 마음 넣고
먼 산 바라보며 시나브로 걷는다.

청계산 계곡 따라 흐르는 물결,
어느새 내 마음은 하늘빛으로 번지고
추억이 발끝에 가볍게 부딪친다.

사르르 마음이 무너지는 날
위로받고 싶어 홀로 오르던 곳
흐르는 세월에 나는 달라졌지만

저녁노을 물든 산마루에
부드러운 살굿빛 미소로
그대는 여전히 나를 반긴다.

언제나 온화한 침묵으로
흔들릴 때마다 안아주는
영원히 변치 않는 나의 안식처.

공기놀이

눈 감으면 봄 햇살이 살며시 손 내밀고
겨우내 코 묻혀 얼은 손 훅훅 비비어
부르는 사람 없어도 한 사람 두 사람
토담집 공터 담쟁이넝쿨 아래 모여서

서편(西便) 개울가 진줏빛 조약돌 모아
둥글둥글 문지른 공기 다섯 알 만들어
부딪히는 공기 소리 해 저무는 줄 모르고
오순도순 돌아가며 너도 한 번 나도 한 번

이제는 타향 하늘 고요히 흐르는 멜로디
혼자서 가슴속에 스며든 사랑의 소야곡
앞산엔 개나리 꽃망울 다시 피어나는데
어린 시절 공깃돌 소리 귓가에 맴돈다.

농부와 비

칠월 중순 지루한 장맛비
어느새 다급한 농부의 마음
하얀 비닐 우의 두루뭉술 동여매고

물기 밴 삽자루 굳은 손에 움켜쥐고
흩어진 사이에 길로 분주하게 나선다.

출렁이는 논두렁 찰떡이 있는 밭두렁,
조상의 피와 땀이 한곳에 모여
모진 풍파 다 겪은 농부의 마음
정녕 기다려 주지 않는 세월 따라서

또 다른 약속 위해 힘차게 물꼬 터뜨릴 때
언제부터 보드라운 얼굴 사이에
밭고랑 같은 주름살이 시나브로 굽이 배겨

그을린 입술 사이로 하얀 담배 연기만
하얗게 흩어져 저무는 들판 위를 메운다.

잃어버린 시간

봄, 여름, 가을, 겨울
몇 번이나 돌았을까
수레바퀴처럼 또 돌아가네.

잃어버린 시간이
나의 전부인 양 헤매어도
채울 수 없는 아픔은
차라리 잔잔한 파도가 되자

지나간 추억들,
혼자 가슴 아파도
이룰 수 없는 사랑은
돌아오지 않는 메아리 되어

또 다른 시간 위에
몇 번을 돌고 돌지만
이제는 진실로 그냥 돌아서자.

봄소식

봄 햇살 내리는 한낮 정오
한적한 매봉산 산책로
메마른 가지 사이
적막한 침묵만 흐르는 숲속

아무도 없는 고요한 오솔길
이름 모를 산새들
하늘 높은 곳에서
지지배배 춤추며 짝짓기 한다.

하늘 높이 오르는 산새들
짝을 찾아 날아가고
냇가에 물오른 개나리꽃
설익은 꽃망울 반갑게 맞으며

눈부시게 핀 하얀 백목련
그윽한 향기에
잠자는 새싹들
눈 비비고 일어나 기지개 켠다.

내 마음에도 봄이 오면
새처럼 훨훨,
꽃처럼 활짝,
아름답게 노래하듯 날고 싶다.

고향 친구

지나온 삶의 무게는
하나둘 흩어져도
지워지지 않는 추억
어릴 적 함께 웃던 친구

돌아서면 사라질 줄 알았던
너의 그림자 하나
낙엽 위 흔적처럼
늘 내 안에서 움직인다.

멀리 떨어져 있어도
내 마음 한자리
지우지 못한 흔적
조용히 흐르는 네 이름

세월이 구름처럼 흘러가도
별빛처럼 반짝이는
내 안에 있는 추억
지울 수 없는 고향 친구

오랜만에 마주한 얼굴에
말끝마다 스며든 사투리
주름진 손 맞잡으며
이렇게 살아온 자취 나눈다.

그래 나는 여기, 너는 거기
언제 봐도 반가운 미소로
외로운 세상 서로 기대며
서로 위해 기도하는 고향 친구.

봄비

창밖에 주르륵 비가 내리면
마른 나뭇가지 사이로
낙수 물소리 툭~툭

혼자서 먼 하늘 바라보며
마음속 그리운 사람
가슴 태우는 소리 쿵~쿵

하염없이 내리는 빗소리
내 마음 아는지 모르는지
가슴속에 추억만 흐르고

너무 멀리 가버린 시간
혼자서 억지로 붙잡으려
이 밤도 흠뻑 옷깃을 적신다.

개나리꽃

봄 햇살 맞으며 걷는 발걸음
양재천 꽃구경 나온 사람들
하늘에 종달새 지지배배
냇가엔 풀벌레 소리 봄의 향연

온몸에 진한 향기 곱게 바르고
입가엔 포근한 미소 지으며
가녀린 여인의 몸짓으로
하루 종일 누굴 그렇게 기다린다.

바람 타고 날아온 하얀 나비
사뿐히 꽃잎에 앉아
못다 한 이야기 나누며
어디론가 훨훨 날아서 간다.

가을의 길목에서

푸르고 높은 하늘 아래
서늘한 낯선 바람이
시간을 스치고 지나간다.

무더웠던 여름은
장터 북소리처럼
저 멀리 울려 퍼지고

떨어진 나뭇잎 하나
부서진 매미 날개 사이로
바람과 손잡고 하루 보낸다.

가을빛 길가 햇살
어제의 기억 토닥이며
발자국마다 가을의 숨결

노을 물든 저녁 황혼
바람에 흩어진 약속 부르며
저무는 그림자는 들판에 눕는다.

가을의 길목에서
햇살 한 조각 가슴에 담고
내일의 발걸음 마음에 담는다.

커피와 나눈 시간

비 내리는 창가에 혼자 앉아
아주 오래된 친구 손잡듯
두 손으로 커피잔 감싸며
고독한 시간 보낸다.

커피 한 모금 목을 타고 내려가면
머리칼 사이에 스며든 향기
짙은 고독감 몰려와
가슴에 작은 불씨 하나

커피 한잔은 침묵의 언어
내 안의 그림자 데워
시간은 느리게 흐르고
커피 향 속에 고독을 녹인다.

잔 위에 떠 있는 그을린 갈색 물결
커피는 단순한 차가 아니라
가슴속 불씨 피우는 온기
내 마음 밝혀주는 작은 등불이다.

낙엽의 여정

햇살이 떠난 자리
바람의 길 따라
낙엽 한 장 흘러간다.

나무 사이 빛의 기억 안고
가만히 공중에 머물러
능선의 숨결 지나
흙 속에 닿는다.

그 안에서 낙엽은
이름 없는 별이 되어
어둠과 빛 사이 숨 쉬며,

세월은 여린 숨결 빚어
가지마다 새싹 솟아나고
그 이름 다시 나무에 적는다.

겨울나무

우리 동네 길마중 길
함박눈 내리는 날
쌩쌩 칼바람만 지나간다.

아무도 오지 않는 숲속
혼자 벌거벗은 채
하늘만 쳐다보고 떨고 있다.

꽃 피던 웃음소리
불타던 단풍풍경
눈망울 닮은 새들 어디 가고

온종일 함박눈 속
모진 풍파 다 견디며
추억만 가지 위에 내린다.

적막이 서린 자작나무 숲속
가지마다 기억이 머물고
그리움 잎처럼 흔들린다.

푸르르 떨며 혼자 서있는 겨울나무
"너는 겨울의 고요를 품어 본 적 있느냐고"
내 안에서 묻는다.

걷는 인생

나는 길 위를 걷는다.
뚜벅뚜벅 걸으며
끝없이 펼쳐지는 세상
눈에 비치는 순간들
나에게 점점 다가온다.

길 위의 나를 보고
산새들 노래하며
꽃이 웃으며
나무가 말을 건네고
바람도 친구 되어
함께 길을 걸어간다.

길은 아무 말이 없다.
비탈진 하루를 뒤에 묻고
굽은 마음 곧게 펴며
기쁨과 슬픔도 풍경처럼
내 곁을 살짝 지나간다.

언제나 길 가운데 서면

오르락내리락 고단하지만
한 송이 꽃도 피고
나무가 자라는 걸 보며
나도 모르게 마음 단단해진다.

누구나 처음 걷는 인생길
낯설기는 하지만
또박또박 걷다 보면
삶의 이유를 길 위에서 찾는다.

낙엽 지는 거리

가을이 지나가는 나뭇가지에
조용히 이별을 건네고 있다.

낙엽 위에 다시 낙엽이 쌓이고
가을비 촉촉이 내려 그 위를 적신다.

나도 이제 인생의 가을 길목에서
내 마음에 가을의 노래가 흐르고

낙엽 위에 부서지는 세월의 소리
구슬프게 들으며 혼자서 걸어간다.

언젠가 낙엽처럼 세상에서 사라지고
누군가 나처럼 그 위를 걸어가겠지.

비에 젖은 이 거리 오늘은 내가 걷고
내일은 또 누가 이 길을 걸어갈까.

풀잎의 소리

이름 없는 거리에
홀로 핀 풀잎 하나

어제는 비가 와서
조용히 눈물에 젖고

오늘은 바람 불어
가만히 고개 숙인다.

저무는 길목에서
젖은 달빛에 안겨
수줍어 손 흔들며

아무도 보지 않아도
묵묵히 혼자 피어
초록빛 꿈 펼치며

오늘도 어제처럼
그 자리에 서서
노을 속에 기대어 잠든다.

3부

서울 하늘은
바다였다

내 안의 국화

순천만 들녘
우리는 바람보다 느리게 걸었다

국화는 말이 없었다.
햇살은 꽃잎 속을 더듬고
향기만이
깊은 곳을 건드렸다.

고개 숙인 꽃들
긴 겨울 품고
여인처럼 침묵했다

나는
그 향기에 걸음 멈추고
손끝으로 한 생을 더듬었다

상처는
향기가 되어
조용히 피어 있었다.

그 순간
내 안에도
국화 한 송이 피어났다

나는 물었다
나도 그렇게
내 안에 향기 피워
고요히 살아왔는지.

가을은
아무 말 없이
내 곁을 지나갔다.

그냥

그냥,
너를 떠올렸다.
별일은 아니었고
문득 바람이 불었을 뿐이다.

그냥,
길을 걷다 발끝에 떨어진
낙엽 하나가
네 생각에 내 앞에 멈춰 섰다.

나도 모르게 걸음 멈추고
오래 바라봤다.
네가 있었던 그곳,

사랑한다는 말은
너무 늦었고
보고 싶다는 말
너무 자주 마음 흔들었다.

그냥,

안부처럼 떠오르는 너,
아무 일 없던 듯
가만히 품어본다.

계절이 바뀌어도
네가 사라지지 않는 것
네가 아니라
내 마음이
아직 거기 서 있어서다.

그냥,
오늘도 그런 마음으로
보고 싶은 너를
조용히 가슴에 기억해 본다.

길마중 길에서

강남 아파트 숲 사이
고속도로 같은 산책로
초록 숲길이 펼쳐진다.

지친 마음들 모여
삶의 짐 내려놓고
한 시간의 작은 쉼 누린다.

멀리 가지 않아도 좋다.
집에서 몇 걸음만
혼자 슬며시 나서,

하늘 높이 우거진 숲길,
새들의 속삭임 들리고
꽃잎은 햇살에 웃고 있다.

소나무 숲길 지나
그늘막 아래 황톳길 맨발로 밟고
운동 기구 하나둘 건드려 본다.

쉬엄쉬엄 걷다
벤치에 기대면
바람이 지친 마음 다독인다.

길마중 길 걷는 시간
마음에 미소 지으며
햇살 가득 안고 돌아온다.

맨발의 기도

나는 오늘 신을 벗는다.
묵은 시간 벗기듯
태초의 걸음으로
잃어버린 나를 찾는다.

땅을 걷는 것이 아니다.
세상의 침묵 속에
땅의 뿌리를 밟으면
길이 나를 따라 걸어온다.

맨발이 닿는 그 순간
기억의 발끝에서
뒤틀린 마음의 흔적도
조용히 먼지처럼 턴다.

아무것도 지니지 않을 때
고통을 비우듯
길을 걷는 것이 아니라
고요 속에서 내가 호흡한다.

맨발로 걷는 지금
나는 땅과 이어져 있다.
뿌리도 잎도 없지만
나는 다시 나로 피어난다.

걸을수록 가벼워졌다.
짐이 줄어서 아니라
시간의 흐름을
벗어 놓았기 때문이다.

그리고 마지막 걸음에서
나는 알게 된다.
맨발로 걷는 감각이
가장 정직한 기도라는 것을.

황혼의 숲

이 세상 빈손으로 온 나그네,
가슴에 꽃 같은 아내 만나
하늘이 내려준 아이들 낳고,

거센 바람 부는 타향 길
모래에 피어난 들꽃같이
묵묵히 세월을 지켜왔다.

자식들 새처럼 날아가고
빈 둥지 지킨 나무가 되어
손주 웃음에 가지가 흔들린다.

지금까지 하나님이 등불 되어
햇살 고요한 빛 속에서
작은 둥지 속에 편히 살았다.

어린 소년이 노인 되어
이제 칠순 황금빛 저녁
강물은 저만치 흘러가고

다 이루지 못한 꿈들
하늘 구름에 실어 보내고
가슴에 짐 바람에 보낸다.

이제는 미련 없이
마음 가볍게 안고
황혼의 숲길로 걸어가자.

우산 그림자

폭풍우 내리는 새벽길
바람에 휘어진 우산
장대비 맞으며 가는 출근길

어제도 그랬듯이
가장이란 무거운 짐
혼자서 바람 따라가는 길

부르는 사람 없어도
가야만 하는 길
바람 속으로 걸음 맡긴다.

어깨는 젖고
마음도 젖어
하루의 쓸쓸함이
우산살 끝에 맺힌다.

비틀거리는 그림자 하나
내 침묵의 벗
세상 바람 속에서

둘이서 하루를 시작한다.

빗소리가 그치면
그림자는 흩어지겠지만
내 안의 비는
아직 멈출 줄 모르고 흐른다.

얼굴에 새긴 시간

차가운 거울은
묻지도 말라고 하면서
내 안의 그림자 비춘다.

햇살처럼 웃던 내가
언제부터 잎 떨어진 나무같이
가만히 나를 바라본다.

눈가의 주름은
말없이 기억 남기고,
입가의 흔적은
웃음 뒤에 남은 지나간 시간

봄처럼 가볍던 날들
고요한 바람처럼
내 안에 깊숙이 스며있다.

젊은 날은 어디 가고
거울 속 나도 모르는
초라한 늙은이만

물끄러미 바라보며 웃고 있다.

하루에도 몇 번씩 주고받으며
낯선 입꼬리 올리지만
세월은 언제나 침묵으로
원하지 않는 모습만 그려져 있다.

내 안의 풍경

나는 매일 빈 종이 위에
웃음 뒤에 감춰진 시간 한 줄,
어느 선은 부드럽게 긋고
어느 선은 마음처럼 짙게 든다.

삶은 한 폭의 수묵화,
잦은 안개 사이로
지워가며 새롭게 피어난다.

봄은 물빛의 숨결이었고,
겨울은 조용한 먹 향,
계절이 스쳐 가도
나는 나를 다시 그리며

기억은 뒤돌아본 창 너머
빛바랜 풍경일지라도
창문을 환히 열면
언제나 새바람이 스며든다.

길을 잃은 날에도

마음 한구석 등불 하나
희망은 말없이
내 손잡고 걸음을 걷는다.

오늘도 나는
번지지 않은 선 위에
삶이라는 이름으로
따스한 풍경 하나 빚는다.

지하철에서

정적(靜寂)한 공간에서
이름 모를 사람들
차표 한 장 들고
이곳저곳 어디론가 간다.

한 사람은 웃고,
한 사람은 울고,
한 사람은 화장도 하며
한 사람은 멍하니 창밖 보며

빛도 어둠도 없는 길 따라
희미하게 보이지 않는 터널도 지나

한 사람은 내리고,
한 사람은 타고,
한 사람은 앉아서
한 사람은 서서
사람 냄새 나는 곳 찾아서

어디론가 가는 모습들

세월의 무게 모두 지고
흔들리는 마음도 잡으며
정처 없이 삶을 사는 나그네.

너와 나의 간격

흘러가는 세상은
물 위에 비친 하늘처럼
쉬지 않고 흔들리며

나는 내 눈빛으로
나만의 색을 보고,
마음의 붓으로 세상 그린다.

모두가 같은 하늘이지만
누군가는 구름만
누군가는 노을만 말하며

우리는 거울 앞에 서서
낯익은 같은 풍경에
서로 다른 노래 부른다.

그 틈 사이로
차이를 들여다보면
벽이 아니라 창이 열리고

서로의 간격 조금만 좁히면
천 갈래 바람 스며들어
마음의 창은 더 넓게 퍼진다.

서로 생각의 다름은
막다른 길이 아니라
무수한 길의 시작이다.

황혼의 편지

저녁 바람이 유리창 쓰다듬을 때
당신의 이름이 빛처럼 스칩니다.

한때 꽃이던 날들은
주름 속에서 다시 펴
조용히 나를 비춥니다.

기다림의 시간은
눈처럼 쌓여 무게 잃고
사랑은 그 아래에서
뿌리로 남았습니다.

아이들은 바람이 되어 떠나고
낡은 거실에 새싹 같은 웃음이 돋습니다.

당신과 나,
오랜 나무의 그림자 아래
서로의 빛을 닦아주었습니다.

이제 알겠습니다.

지는 것은 사라짐이 아니라
다른 빛으로 번지는 일

노을 속 당신의 얼굴
말없이 한 편의 시처럼
조용히 빛나고 있습니다.

마스크 너머의 시간

사람과 사람 사이
숨결이 멀어지고,
행복은 그림자 속에 숨는다.

마스크 뒤에 감춘 얼굴
오래된 웃음도 숨죽인 울음도
이제는 눈빛으로만 전해진다.

닿지 못한 마지막 손
고요한 이별의 시간
말하지 못한 말이 머문다.

투명한 벽 너머
이름 없이 흘러가는 눈물
그저 바라볼 수밖에 없는 시간.

어둠 끝에도 빛은 피어나고
사랑은 침묵 속에서
조용히 손을 내민다.

희망이 사람 사이 채우면
천천히 우리는 서로에게로
마스크 너머 봄을 기다린다.

테니스 찬가

사각 위 바닥에
침묵으로 팽팽하다.
노란 공 하나에
숨결 튀며 떠오른다.

멀리도 아닌 가까이
두세 시간이면
노란 공 하나로
어디에 없는 행복한 시간

익숙한 라켓 하나 들고
번개처럼 온몸을
칼날처럼 휘두른다.

모든 시작은 러브(love)
아무것도 없는 영점에서
모두 공평하게 시작한다.

가슴 설레는 상대 마주 보며
노란 공은 우리 사이 질문

스윙이 마지막 대답이다.

흐르는 땀은 말 없는 언어
네트 넘어 리듬은 기도
내 안의 그림자와 눈이 마주친다.

노란 공 하나로 신세계에서
아침마다 새벽 깨우며
이 세상 행복은 인(in),
이 세상 근심은 아웃(out)

우리는 다시 러브(love)에서
십세에서 백세까지
세상 향해 나이스 플레이 한다.

라면을 끓이다

배꼽시계가 조용히 울린다.
허기보다 먼저 고독이 숟가락 찾는다.
텅 빈 냄비에
하루를 붓고
찬물 대신 적막을 채운다.

불꽃 하나,
작은 온기를 지핀다.
면발은 꼬인 마음의 실타래,
수프는 말 없는 날의 기억.
끓는 물 위에서
나도 천천히 풀려간다.

뚜껑 열면
모락모락 피어나는 김,
마치 당신의 숨결 같다.
젓가락 끝에
외로움 건져 올리고,
국물은 비어 있는 속 감싼다.

그 순간 한 그릇 라면이
오늘의 나를 천천히 끓여낸다.
한 그릇 라면이라 낮잡지 마라.
그것은 허기뿐 아니라
당신의 빈자리까지 데운다.

나는 오늘도
식지 않는 온기에 나를 데우고
당신의 빈자리
한 그릇 라면으로 조용히 끓여낸다.

7039 -바퀴의 추억-

쇳덩이라면
이토록 따뜻하진 않았겠지.

시동은 하루를 깨우고,
라이트는 내 마음을 밝힌다.

눈길도 마다하지 않고
고장 한번 없이
묵묵히 나를 실었다.

23년.
두 번의 강산이 바뀌는 동안,
너는 늘 같은 목소리로
나를 기다렸지.

처음 만났을 땐
손에 익지 않는 핸들이었고,
시간이 흐르면서
등뼈 같은 의지가 되었다.

침묵은 마모된 타이어처럼
먼저 낡아갔고
가벼운 지갑보다
희망을 늘 싣고 달렸지.

이젠 허름한 레커차 위
천천히 떠나는 너를 보며
내 청춘 한편에
아직 너의 심장이 요동친다.

7039,
번호 하나 달고
서울 하늘 아래
사람보다 깊은 동행이었지.

이별 너머에도
나는 네 바퀴 속 맴돌며
네 심장 속 달리는
영원한 기억의 그림자이다.

달빛 한가위

추억이 내려앉은 밤,
닿지 못한 마음 하나
달빛 속에 조용히 놓습니다.

창가에 고인 그림자 위로
내 마음 흘려보내며
저무는 달빛에 닿습니다.

그리움은 어둠의 베틀에 걸려
바람에 흔들리는 실처럼 떨리고

달빛 따라 걷는 발자국마다
천천히 한발씩 내디뎌도
잊힌 이름들이 흩어집니다.

하늘에 닿지 못한 길 위에서
세월의 조각 하나 내려놓고
허전한 마음 나를 안습니다.

고향은 멀고 그리움만

달빛 창가에 남아
내 영혼의 끝을 비춥니다.

보슬비 내리는 날

하루 종일 보슬비 내리는 날
책상 앞에 멍하니 앉아
누군가 그리워 무작정 밖으로 나간다.

하늘에서 내리는 비 맞으며
정처 없이 혼자서 가는 거리

빗방울은 아무도 없는 인도 위에
동그라미 원을 그리며 뚝~뚝
하염없이 내 앞에 내리고,

세월에 무디어진 추억은
울컥, 그대의 얼굴로
가슴속에 반추(反芻)되어 내린다.

나, 그때는 당신 마음 모르고
혼자서 가슴 앓아
그대 마음 앞에 서성이며,

사랑이란 말 한마디

그냥 가슴속에 묻고
한번 사는 세상 바보처럼

이제 다 지난 세월 회상(回想)하며
보슬비 내리는 길 위에서
그대 그리움만 침묵으로 흐른다.

손수레에 달 담다

새벽은 아직
어둠의 허기를 채우지 못하고
굽은 등은 하늘을 오래 짊어진 흔적.
그는 발자국을 바람 속에 묻는다.

종잇장 같은 날들
골목에 흩어진 시간
하나씩 주워
손수레에 담는다.

폐지는 쓰레기가 아니다.
밥이 되고, 약이 되고
그의 손길은
말 없는 외로움까지 대신 끌어준다.

닳은 바퀴, 낡은 신발
먼저 닳아버린 침묵
무게보다 깊은 골목길을
묵묵히 지난다.

저녁노을 지고
빈 지갑 옆에 놓고
가벼운 희망 하나
조심스레 묶는다.

그가 끄는 건 손수레가 아니다.
버려진 생의 마지막 현장
아직 지워지지 않은 숨결
달빛이 그의 등을 따라 걷는다.

서울 하늘은 바다였다

회색 파도처럼 쏟아지는 사람들 속
나는 말 없는 섬 하나로 떠 있다.

하루가 저물면
붉게 접힌 편지가 날아왔고
노을은 문득
너의 뒷모습처럼 멀어진다.

지하철 바람에 스며든 누군가의 체온
익숙한 낯섦 속에서
조금씩 마음 열리고
낯선 숨결이 내 안에 잠겼다.

저녁 퇴근길 가로등 아래
내 그림자 나뭇잎처럼 흔들리고
그리움은 부르지 못한 안부가 되어
입술 끝에서 저물었다.

서울 하늘은 바다처럼 울음을 삼키고
내 마음의 파도를 천천히 달랬다.

이 도시가 알려준
가장 깊은 위로였다.

오늘 밤도 쓸쓸히
불 꺼진 골목 지나
서울의 바다 끝을 바라보며
나는 조용히 건너고 있다.

빗속의 독백

창가에 비가 내리면
네 모습이 가슴에 스며든다.

톡~ 톡
말 대신 떨어지는 빗방울
가슴 깊은 곳에 조용히 내린다.

차마 다하지 못한 말 한마디
시간의 끝자리에서
조용히 비를 맞고 있다.

잊었다 믿었는데
비는 언제나
제일 먼저 너부터 불러낸다.

4부

내 길 위에서

노인의 단상

나는 이제 노인이다.
버려진 낡은 악기처럼
세월에 지워져 가는 존재

내 인생의 낙서와
오래된 추억으로 가득 차 있고
고목 나뭇가지처럼 텅 비어 있다.

하루하루 지워지는 어제와 오늘
바람조차 친구가 되지 않는 일상
이렇게 살아야 하는지 스스로 묻는다.

외로움이 깊어질수록
남은 시간 세어 보고
마음의 속삭임에 귀 기울인다.

어린 시절 기억은
아직도 숨 쉬지만
세월은 말없이 흘러간다.

아직도 남은 숙제를 안고
가진 것과 잃은 것 마음에 적으며
조용히 세상으로 나선다.

이제 혼자 걸어야 한다.
고독한 길 두렵지만
내 마음에 숨 쉬는 걸 찾아 나선다.

뿌리 깊은 나무처럼
나를 사랑하며 모든 사람에게
겸허한 마음으로 세상을 품으며

세월 지나 남긴 것이
얼마나 가치 있는지 모르지만
내 마음속 삶은 여전히 아름답다.

지친 발자국 끝에서

한 줌 바람으로 와서
나는 먼 길을 걸었다.

행복은 저 너머 무지개
희망은 자꾸 길을 잃고
세월은 그림자마저 지나쳤다

굽어진 등에는 묵은 계절이 얹히고
나는 무지개를 좇았다

그러나
행복은 늘 손 닿기 전의 빛
입술 닿기 전 사라졌다.

희망은 구름 타고
세월 따라 저만치 흐르고
시간은 끝내
나를 돌아보지 않았다

끝없는 인생 여정

텅 빈 손으로
땀과 눈물 젖은 들판 지나
지워지는 길 위를 걷고 또 걸었다

이제는 그 길 위에서
하늘이 내 이름 부르면
무거운 짐 내려놓고
조용히 바람 속에 눕고 싶다.

말 없는 햇살 -꼰대-

꽃잎처럼 싱그러운 젊은 미소는
나뭇잎처럼 흔들리다 사라지고
나는 어느새 소리 없는 그림자 하나

청춘이라 부르던 날들
창가에 핀 꽃처럼 지고
향기만 마음속에 남는다.

그래, 나에게 붙은 이름이
너희 귀엔 거친 바람처럼 스칠지라도
길 가장자리에서 조용히 빛나고 싶다.

그 길이 돌부리 같은 시련이 있어도
밤이 깊어 별조차 멀게 느껴질지라도
나의 손끝으로 너를 조용히 감싸고 싶다.

오래된 지갑 속 흑백 사진처럼
말없이 등 뒤에 스미는 햇살같이
너희 하루 끝에 따뜻함으로 남고 싶다.

오늘도 너희 발자국 따라
한결같은 마음 하나
잔잔한 언어로 너희를 부른다.

바람처럼 나이 든다

세월의 그림자 위로 살며시
창문 틈새로 드나드는
저녁 바람이 차갑게 스쳐 간다.

한때는 나도 바람을 쫓았지,
나무 끝 흔드는 청춘이었고
불꽃 피우던 불씨였는데

찻잔에 온기 만지며
벽에 걸린 그림처럼
이제 말 없는 시간 속에

이제 누군가 이마를 식혀주고
낙엽과 함께 바람이 되어
가을 속 숨결이 되었다

소리 없이 머무를 줄 알고
소리 없이 말을 거는
나는 바람처럼 나이들어간다.

내 그림자마저 사라져도
내가 뿌린 말들
내가 지킨 이름으로
햇살 아래 들꽃처럼 조용히 핀다.

두 번째 봄

은퇴는 지는 것이 아니라
세월에 익는 씨앗

묵묵히 남을 위해 걷던 길
내 마음속 길 걷는다.

이제 꽃잎 같은 아침 햇살 마시고
바람 따라 한가하게 길도 걷고
따스한 미소 이웃과 나누며

끝없는 세상의 무거운 짐
바람에 실어 보내고
어깨 위에 햇살만 내려앉는다.

침묵은 내 안의 노래가 되어
바람에 흩어진 날 감싸며
아름다운 풍경만 담는 고요한 삶

나는 사는 법을 다시 배운다.
내게 오는 두 번째 봄은
내가 나를 가꾸는 조용한 시간이다.

내 마음의 정원 -독백-

하루가 창 너머로 흘러가고
너는 말없이 나를 스쳤다.

빛도 소리도 없이
내 안의 한 송이 꽃 피어

보이지 않는 그리움이
내 안에 겨울 녹이며
조용히 타오르는 숨결

무너질 듯 흔들리는 순간
바람처럼 다가와
한 줌 향기 하나 남기고
내 안으로 스며들었다

내 마음에 사랑이 내려앉고
고요히 흘러가는 날들
짙은 향기로 감싸며
마음의 정원에 작은 꿈

바람처럼 스쳐 간 너
손끝에 남은 온기
지워지지 않는 향기
내 안에 머문 편안한 계절

바람처럼 침묵으로
때로는 햇살 한 줄
내 어두운 마음 덮어주며
잔잔한 울림으로
눈물 어린 마음 감쌌다.

이제 묵은 나를 흘려보내고.
잔잔한 바람이 되어
손에 닿지 않아도
조용히 마음속에 내려앉는다.

세월의 흔적

나의 얼굴을 거울에 비추면
지나온 내 모습이
동그란 거울 속에 그려져 있습니다.

거울에 그려진 모습을 보려고
나도 모르게 한 발 더
거울 앞에 다가서 내 얼굴 봅니다.

매일 아침 보는 거울이지만
오늘은 낯선 모습으로
나를 보며 뚜렷이 웃고 있습니다.

구릿빛 얼굴에 휘어버린 머리카락
넓어진 이마에 잔주름이
갑작스럽게 나의 앞으로 다가옵니다.

어디서 본 듯한 거울 속 모습
까우뚱 고개 저으며
한없이 가버린 세월의 흔적 멈추게 합니다.

거울 앞에서

거울 속에 내 얼굴이 이상하게 낯설다.
브레이크 없는 세월에 구릿빛 얼굴만
어릴 적 모습으로 그림자처럼 새겨있다.

그 옛날 젊은 날의 나는 어디로 가고
생소한 늙은이가 나도 모르는 얼굴로
거울 속에 물끄러미 바라보며 웃고 있다.

하루에도 몇 번씩 주고받은 어색한 미소
나이 먹을수록 점점 더 초라한 모습으로
내가 원하지 않는 흔적이 그려져 있다.

세월이 흐르면 작은 조각들이 나의 얼굴에
하나, 둘 내가 살아온 삶의 발자취로
가슴속에 나의 시간이 시가 되어 흐른다.

꽃잎의 흔적

사월 끝자락
허공에 흩어진 꽃잎
은은한 향기 따라
하늘의 오선지에 닿는다.

바람과 함께 춤추며
시간의 틈새 속에
마음의 강물 위에서
공중에서 부서진 무늬로

꽃잎은 바람의 날개 달고
손에 잡히지도 않고
눈에도 스며들지 않으면
머나먼 빛 속으로 날아간다.

한 줄기 부서진 꽃잎
기억의 빛 안에서
그 자리에 남은 것
빛 속으로 가는 작은 선

꽃잎의 흔적 사라져도
내 마음속에서
그 모습 오래 기억하며
그림자 따라 나는 걷는다.

바람 속의 탑

회색 빛 그을린 도시 숲
바람에 흔들리는 탑
희미한 그림자에 젖어

콘크리트 심장 속
떨리는 창문마다
희망과 불안이 깜박~ 깜박,

기억은 거품처럼 부서지고
바람 타고 오르내리며
마음속 파문을 일으킨다.

세상에 물든 무대 위
희망과 절망이 춤추고
벽 속 숲은 하루하루 무너진다.

하늘 끝까지 손 내미는 탑
꿈은 바람 속에서 흔들리고
도시는 사람들의 흔적으로 숨 쉰다.

낙화의 시간

사월이 가는 정오
무심히 걷던 길목에
신부처럼 벚꽃이 피었다

햇살에 쏟아진 향기 속
스쳐 가던 발걸음 멈춘다.

봄빛 매단 나뭇가지 끝
바람이 머문 자리
내 손안에 피고 지는 꽃

바람 속에서 흔들리며
혼자 떨어지는 몸짓,
가슴에 새겨진 슬픔의 무늬

한순간의 절정,
떠나는 그림자와 닮아
눈처럼 춤추며 벚꽃이 내린다.

꽃비 속으로

촉촉이 보슬비 내려앉아
나부끼는 꽃잎 위
향기가 번진다.

꽃이 피기 전 새싹도
비의 기다림에
조심스레 자신을 드러내며

활짝 핀 꽃잎은
비가 만든 무대
하늘이 연출한 장면,

조용히 꽃잎은
비단옷 갈아입고
바람 속에서 춤춘다.

지친 빗줄기 그치면
깊은 빛이 스며
고요한 세상에 숨 고르며

빗사이로 머문 시간 속
아름다움과 사랑,
기다림과 이별이 남는다.

허공 속에 꽃과 비가 만나
낯선 향기를 새기고
한줄기 시냇물처럼 흘러간다.

겨울 눈꽃

함박눈 내리는 날
유리 창가 나무 위에
그대 얼굴이 꽃이 되어 왔다.

조용히 내려앉은 꽃잎들
가지마다 맺힌 사연
아린 상처의 흔적들.

가슴에 속삭이는 대화
그대 걸음 머물던 자리
잊힌 기억이 다시 피어난다.

아무도 걷지 않는 길 위
소리 없이 내리는 눈
추억이 차곡차곡 쌓이고,

사랑이 스쳐 간 자리에
지난 기억의 자국들이
조용히 내 마음에 속삭인다.

우리에게 겨울이 없다면
사랑은 길을 잃는 별빛,
그대는 내 마음에 남은 꽃.

손바닥 위 세상

아침에 눈 뜨면
네모난 작은 창이
손바닥 위에 빛난다.

한 번의 터치로 세상이 열리고
사람들의 목소리가 손끝으로 흘러든다.

눈앞은 흔들리지만
빛의 파장 퍼지면
매혹적인 손바닥 위 세상

손안의 빛이 사라지는 순간
모든 물결은 가라앉고
세상은 빈 손바닥 위에 남는다.

세상은 여전히 넓고 깊은데
나는 왜 이 작은 빛 속에서
빛과 소리 웃음과 울음 들으며

내 손바닥 위에서

눈을 떼지 못하는가?
무엇을 보고 있는 걸까.

교회 가는 길

한적한 주일 아침,
옷장 속 잠든 옷 입고
아내와 함께 길 오른다.

희미한 차창 밖 안개
길 위에 납작 엎드려
고요히 기도하는 모습

잠든 가슴 속 십자가
내 안의 어두움이
서서히 눈물로 흐른다.

지난 한 주,
세상의 그림자와 어울려
유혹의 손 마음을 잃었다.

이 길 위에서
주님의 첫사랑
새벽이슬처럼 스미어

회개의 기억들이
내 안에 스치고
처음 믿음으로 돌아간다.

교회 마당에 닿자
죄로 지친 내 영혼
조용히 십자가 바라본다.

주일마다 이 길은
우물에서 생수 꺼내듯
어두운 마음 맑게 씻는다.

새벽 기도

하루 시작하는 새벽
잠든 영혼 깨우며
눈 감고 마음 씻는다.

작은 소리로 그분 부르면
보이지 않는 강물처럼
내 안에 깊숙이 스며든다.

침묵이 벽처럼 감도는 순간
나는 끝없이 두드리고
그분은 하늘의 숨결로 듣는다.

나는 셈하지만
그분은 한없이 베푸시고
나는 육으로 구하나
그분은 영으로 대답한다.

십자가 아래
값없이 흐르는 사랑이
이 메마른 가슴에도

강물처럼 스며들게 하소서

내 말보다
내 눈빛이 먼저 따뜻해지고
내 손보다
내 가슴이 먼저 열리게 하소서

그리하여,
내가 만나는 모든 사람
그분의 향기 피어나
사랑하는 것 두려워하지 않게 하소서.

십자가 앞에서

조용히 십자가 앞에 무릎 꿇는다
기도는 새벽에 흐르는 눈물
그 위에 무거운 죄 씻는다.

숨죽여 바라보는 십자가
두 손 모아 묻지만
침묵만 내 속에 답한다.

어둠이 스치는 마음
말 없는 십자가 앞에
구겨져 무너지는 나.

거짓의 벽이 먼지처럼 사라지고
내 안에 묶인 서러운 울음
바람 끝으로 흩어진다.

새벽이슬처럼 스며든 겸손
부서진 죄의 조각들
하나씩 내려놓고

그저 주어지는 은혜 손길
구원의 강물 위에
가만히 흘려보낸다.

침묵의 빛 가슴 적시고
흔들리다 무너지는 기둥처럼
소망이 어둠 속에서 다시 솟는다.

새해 아침

지난 한 해
저무는 노을빛에 잠기고
이제 남은 그림자
조용히 접는다.

흩어진 시간 속에
붙잡지 못한 말,
지키지 못한 약속
다짐들 잔잔히 잠든다.

지나가는 모든 것들
마음 깊이 이해하며
진심으로 사랑하고
희망의 꽃 다시 피게 하소서

새해에는
강물처럼 흐르는 시간
건강한 몸과 마음으로
하루하루 걸어가게 하소서

어떤 상황에도 경건과 성숙함으로
몸과 마음 세워서,
매사 지혜로운 생각으로
결정하여 길을 밝히게 하소서

새해 계획이 잔잔히 떠오르고
흐르는 물결 따라
끝까지 나아가게 하소서

주변의 모든 사람이
내 마음에 닿고
내 마음도 그들에게 닿아
서로의 길 따뜻이 비추게 하소서

새해 아침 가슴으로 기도한다.
우리 마음에 희망이 깃들고
사랑과 기쁨으로
하루하루 빛의 길로 걸어가기를.

내 길 위에서

누구에게나 삶의 길이 있다.
비에 젖는 내리막,
햇살 스미는 오르막
굽이마다 숨결이 스며든다.

내가 걷는 길
지도도 이름도 없는 이정표
아무도 모르는
처음 걸어가는 길

길 위에 정답은 없다
넘어지고, 멈추고, 다시 일어나
살아 있음의 맥박을 잇고
그 울림 속에서 길을 걸어간다.

살다 보면 사는 길이 열리고
걸어가는 걸음마다
마음의 빛이 되어
그 속에서 삶의 향기 솟는다.

어둠의 끝자락에서도
내가 걷는 순간마다
고요히 잠든 별빛 깨우듯
나의 흔적이 길이 되어 남는다.

그늘 속의 꽃

꽃잎에도 그림자는 있다
빛 닿지 않는 곳
고요히 머무는 그늘 속에서

활짝 핀 꽃잎조차
저물어가는 저녁이면
어둠 속으로 서서히 스러진다.

흘러간 햇살이 벽에 머물고
사라진 꽃잎의 흔적
그림자는 숨결 속으로 스며든다.

그제야 나는 알았다
아름다움은 꽃잎이 아닌
어둠을 견디는 그림자임을

꽃잎이 사라진 자리
향기의 그림자만이
아름다움을 더 깊이 품는다.

나무 그늘에서

초판 1쇄 발행 2025년 12월 20일

지은이　　정현일
펴낸이　　이기봉
편집　　　좋은땅 편집팀
펴낸곳　　도서출판 좋은땅
주소　　　서울특별시 마포구 양화로12길 26 지월드빌딩 (서교동 395-7)
전화　　　02)374-8616~7
팩스　　　02)374-8614
이메일　　gworldbook@naver.com
홈페이지　www.g-world.co.kr

ISBN　979-11-388-5095-7 (03810)